문학과지성 시인선 271

처음 만나던 때

김광규 시집

문학과지성사에서 펴낸 김광규의 시집

우리를 적시는 마지막 꿈(1979)

아니다 그렇지 않다(1983)

크낙산의 마음(1986)

좀팽이처럼(1988)

아니리(1990)

물길(1994)

가진 것 하나도 없지만(1998)

누군가를 위하여(시선집, 2001)

시간의 부드러운 손(2007)

하루 또 하루(2011)

오른손이 아픈 날(2016)

안개의 나라(시선집, 2018)

문학과지성 시인선 271

처음 만나던 때

초판 1쇄 발행 2003년 5월 12일

초판 5쇄 발행 2023년 1월 19일

지 은 이 김광규

펴 낸 이 이광호

펴 낸 곳 ㈜**문학과지성사**

등록번호 제1993-000098호

주   소 04034 서울 마포구 잔다리로7길 18(서교동 377-20)

전   화 02)338-7224

팩   스 02)323-4180(편집) 02)338-7221(영업)

전자우편 moonji@moonji.com

홈페이지 www.moonji.com

© 김광규, 2003. Printed in Seoul, Korea

ISBN 978-89-320-1410-4

문학과지성 시인선 271

처음 만나던 때

김광규

2003

1998년 여름부터 다섯 해 가까이 발표한 작품 가운데서 72편을 골라 여덟번째 시집을 펴낸다. 개인적으로 환력을 전후해서 쓴 글, 시대적으로는 세기 전환기의 시를 모은 셈이다.

첫 시집을 낼 때, 원고지에 쓰던 글을 이제는 디스켓에 담아 보내거나, 이메일로 전송하게 되었으니, 그동안 글쓰기와 책 만들기에도 많은 변화가 일어났다. 그러나 오늘도 '글을 쓴다'는 말의 정신이나 자세는 나에게 변함없는 의미를 가지고 삶의 구심점으로 작용하고 있다.

봄이 오면 꽃이 피고 세월이 가면 세상이 바뀌는 시간의 순환 속에서 나는 언제나 이 원점을 그리워하면서도 자꾸 멀어져가는 동심원을 그려왔다. 이제 처음으로 돌아갈 수 없다 해도, 처음 만나던 때처럼 머뭇거리며 다시 경어로 말을 걸고 싶다.

2003년 초여름
김광규

처음 만나던 때

차례

▨ 시인의 말

제1부 끈

줄무늬 고양이

하필이면 장마 때냐
하룻밤에 300mm 장대비 쏟아져
5천 가구 침수되고 도처에서
산사태 일어나는 이 잔혹한 우기에
마른 곳만 골라 다니던 고양이
이웃집 암고양이가
천둥 벽력도 아랑곳없이 지붕 위에서
질척거리는 뒷동산 숲에서 밤새도록
쉰 목소리로 짝을 불러댄다
수고양이들 모두 어디로 갔나
빨리 한 놈 나타나라
어둠의 빗줄기 속에 잉태된
새끼 고양이 까만
줄무늬도 귀여울 텐데

손님맞이

배가 둥그런 엄마와 빼빼 마른 아빠가
예쁜 서랍장을 새로 사들이고
손바닥만 한 옷가지와 골무만 한 신발들
정성껏 빨아서 말리고
유치원생 사촌들이 타던 유모차를 받아오고
코끼리와 원숭이가 장난치는 채색 돗자리도 얻어왔다
할머니와 할아버지는 손님이 그늘에서 쉬도록
비치파라솔까지 마당에 세웠다
온 가족의 이 부산한 준비를
손님은 모를 것이다
집에 도착해서 함께 살면서도
아기 손님은 모를 것이다
오래오래 모를 것이다
부모를 떠나고
짝을 만나서
둘이서 함께 살아가도 잘 모를 것이다
스스로 손님을 맞이하면
어렴풋이 알게 될까
자기가 이 세상에 태어나기 전에
엄마와 아빠와 할머니와 할아버지가

바깥 세상에서 어떻게
자기를 맞이할 준비 했는지

끈

낡은 혁대가 끊어졌다
파충류 무늬가 박힌 가죽 허리띠
아버지의 유품을 오랫동안
몸에 지니고 다녔던 셈이다
스무 해 남짓 나의 허리를 버텨준 끈
행여 바람에 날려가지 않도록
물에 빠지거나
땅으로 스며들지 않도록
그리고 고속도로에서 중앙선을 침범하지 않도록
붙들어주던 끈이 사라진 것이다
이제 나의 허리띠를 남겨야 할
차례가 가까이 왔는가
앙증스럽게 작은 손이 옹알거리면서
끈 자락을 만지작거린다

토끼잠

엄마의 뱃속에서도 그랬다.

엄마의 내장 전체가 사방에서 압박해오기 때문에, 갑갑하고 견디기 힘들었다. 열 달 가까이 걸려서야 겨우 3킬로그램, 주먹보다 조금 크게 자랄 수 있었다.

세상에 태어난 후에도 그랬다.

아기가 없어도 세상은 60억 인구로 가득 찼었다. 그 빽빽한 공간을 사방으로 밀어내면서 제 자리를 만들려니, 연약하기 짝이 없이 말랑말랑한 체력으로 여간 힘들지 않았다.

그래도 모든 압력 물리치고, 아기는 조금씩 자란다.

말 못 할 눈길로 어른들 바라보면서, 자기의 방을 하나 차릴 때까지 천천히 자란다.

팔다리가 길어지고 겉몸이 커지는 것보다 머리와 마음이 앞서 자란다. 그 속에 세계를 담으며 체중도 무거워진다.

토끼잠 잘 때도 꿈꾸면서 자란다.

아기 세대주

연이는 부지런한 아기
잠시도 가만히 있지 않습니다
서재로 올라와 할아버지에게
고양이와 물개와 곰을 그려달라고 합니다
통통통 거실로 내려가 할머니에게
돼지 삼형제를 읽어달라고 합니다
재빨리 부엌으로 달려가 아줌마에게
한 개만 한 개만 초코칩을 졸라대고
다시 하부지에게 올라갑니다
고양이 얼굴에 빨간 크레파스를 칠하고
할머니에게 내려가 막내 돼지가 지은
튼튼한 벽돌집을 들여다보고
빨래 너는 아줌마를 따라
마당으로 뛰어나갑니다
쉬지도 않고
낮잠도 안 자고
가족들을 번갈아 쫓아다니며
집안일 샅샅이 간섭하고
왜 왜 왜 자꾸만 물어서
식구들 꼼짝 못하게 합니다

바쁜 장난꾸러기 연이는
우리 집의 아기 세대주

이타귀

게릴라가 출몰하는 험한 산골
계곡에 자리 잡은 가난한 촌락
저녁때 열린 시 낭송회에
삼백 명 가까운 사람들이 모였습니다
백인보다는 혼혈과 흑인들이 더 많은 청중
말뚝이 널린 풀밭에 무리 지어 앉아서
외국 시인 목소리에 귀 기울이고
박수 치고 환호했습니다
위안 없는 세상을 숙명으로 견디는 사람들
그 가운데는 하얀 개도 한 마리
끼어 있었습니다
행사가 끝나자 서명을 받으려고
어른들이 단상으로 몰려들었고
꼬마들까지 따라오면서 손바닥에
사인을 해달라고 졸라댔습니다
그라시아스 그라시아스*
고사리 손을 흔들며 한동안
자동차를 쫓아오던
그 아이들이 사는 마을은
이타귀**라고 불렀습니다

** 이타귀: 제12회 세계서정시대회가 열렸던 콜롬비아의 메데진Medellin
시 외곽에 위치한 촌락.

시여

두 돌이 가까워오자 아기는
말을 시작합니다
엄마
아빠
물……
강아지는 멍멍이
고양이는 야우니
그 다음에는
시여……
싫다는 말입니다

벌써
세상이
싫다니요

제2부 작약의 영토

초록색 속도

이른 봄 어느 날인가
소리 없이 새싹 돋아나고
산수유 노란 꽃 움트고
목련 꽃망울 부풀며
연녹색 샘물이 솟아오릅니다
까닭 없이 가슴이 두근거리며
갑자기 바빠집니다
단숨에 온 땅을 물들이는
이 초록색 속도
빛보다도 빠르지 않습니까

바람둥이

봄볕의 따스한 손길
닿는 곳마다
겨울잠에서 깨어나
기지개를 켜면서
산수유와 목련
개나리와 진달래
꽃망울 터뜨리고
게으른 모과나무 가지에도
새싹들 뾰족뾰족 돋아납니다
아직도 깊은 잠에 빠진
능소화와 대추나무
마구 흔들어 깨우려는 듯
횡단보도 아랑곳없이 한길을 가로질러
달려오는 봄바람 맞아
벽돌 담벼락 기어오르는 담쟁이덩굴
움찔움찔 몸을 비꿉니다

작약의 영토

앞마당 추녀 앞에 옥잠화와 작약, 대나무와 모과나무, 진달래와 영산홍을 심었다.

꽃나무는 줄기도 없이 뿌리만으로, 갈잎나무는 벌거숭이 맨몸으로 겨울을 나지만, 대나무는 사계절 푸른 잎을 서걱거리며 덩치를 키워서, 이른 봄에는 키가 창문을 가리고, 옆으로 퍼진 가지는 옥잠화와 작약이 있던 자리를 뒤덮어버렸다.

작약의 새싹이 돋아날 무렵, 대나무가 이미 그 위로 퍼져서 햇볕을 가리고 물 주기도 힘들어 올해는 탐스런 함박꽃을 보기 어려울 것만 같았다.

신록이 푸르러지는 5월, 하늘이 활짝 갠 날, 틀림없이 누구의 손길이 우리 집 마당을 스쳐간 모양이다.

대나무의 그 무성한 가지와 잎이 무슨 끈으로 동여매기라도 한 듯, 스스로 몸집을 곧추 세워서 작약의 새순이 돋아나는 공간을 비켜주고 있지 않은가.

어느새 작약은 무릎 높이까지 자라올라 꽃이 함빡 피고, 키 큰 대나무 옆에서 하늘을 바라보며 방글방글 웃고 있지 않은가.

녹색별 소식

건너편 산비탈에 홀로 떨어져
탐스럽게 피어난
후박나무꽃
아무도 맡지 않는 그윽한 향기
환하게 날아올라가
온 하늘에
녹색별 소식 퍼뜨리겠지
우리의 눈 코 입 귀 모두 막혀버렸지만
바다와 구름
나무와 꽃
여전히 살아 있다고

가뭄골

강물도 흐르기를 멈추었고
샘물도 말랐다
지하수마저 끊어진 동네
녹슨 양수기만 여기저기 나뒹군다
뒷절의 예불 독경 소리도 그치고
깨진 종소리만 가끔 들려올 뿐
고추 모종 시들어버린 채마밭에
가느다란 나뭇가지 그림자
깃털 꺾인 까치 한 마리
내려앉을 때마다
폭삭폭삭 일어나는 흙먼지
누렇게 메말라가는 살갗에
물기 없이 퍼지는 검버섯
입속의 침도 바싹 말랐고
오줌도 나오지 않는다
기우제를 지내다 지쳐서
이제는 태양신을 경배하는 마을

오뉴월

우리가 만들어낸 게임보다
아름답지 않습니까
장끼 우짖는 소리
꾀꼬리의 사랑 노래
뭉게구름 몇 군데를
연녹색으로 물들입니다
승부와 관계없이
산개구리 울어대는 뒷산으로
암내 난 고양이 밤새껏 쏘다니고
밤나무꽃 짙은 향내가
동정의 열기를 뿜어냅니다
환호와 야유와 한숨이 지나간 자리로
남지나해의 물먹은 회오리바람
북회귀선을 넘어 다가오는 소리
곳곳에 탐스럽게 버섯으로 돋아나고
돼지우리 근처 미나리꽝에서 맹꽁이들
짝 찾기에 소란스럽습니다
월드컵 축구 중계도 아랑곳없이
들판에서 온종일 땀 흘리는 보람으로
짙푸르게 우리의 여름이 익어갑니다

승리는 이렇게 조용히 옵니다

밤꽃 향기

술잔처럼 오목하거나
접시처럼 동그랗지 않고
양물처럼 길쭉한 꼴로
밤낮 없이 허옇게 뿜어대는
밤꽃 향기
쓰러진 초가집 감돌면서
떠난 이들의 그리움 풍겨줍니다
대를 물려 이 집에 살아온
참새들
깨어진 물동이에 내려앉아
고인 빗물에 목을 축이고
멀리서 고속철도 교각을 세우는
크레인과 쇠기둥 박는 소리에 놀라
추녀 끝으로 포르르 날아오릅니다
참새들이 맡을 수 있을까요
아까운 밤꽃 향기

늦여름

착륙을 앞두고 고도를 낮추는 여객기의 동체가 햇빛을 받아 반짝인다.

모처럼 구름 한 점 없이 활짝 갠 여름날, 자기의 영공을 점검하려는 듯, 솔개 한 마리 하늘 높이 떠돌고 있다.

뒷마당 대추나무에서 매미와 여치가 주명곡처럼 동시에 또는 번갈아 울어댄다. (노래한다고 말해야 옳을까.) 참새, 까치, 비둘기, 뻐꾸기, 그리고 꾀꼬리 소리도 가끔 끼어든다.

방학을 맞은 동네 아이들이 골목에서 농구를 하거나, 인라인스케이트를 타느라고 떠들어대는 소리도 시끄럽게 한몫 거든다.

그래도 창문을 닫을 수는 없다.

무더위 때문이 아니다.

이 모든 세상의 소리를 듣지 않고 창문을 닫아버린다면, 그리고 냉방기를 틀고 TV를 보거나 CD 음악을 듣는다면, 아무래도 한 생애의 늦여름을 놓칠 것 같은 느낌이 들기 때문이다.

새들이 잠든 뒤

날씬한 몸매에 비하면, 목소리가 아름답지는 않다. 그래도 이 나무에서 저 나무로 자리를 옮기면서 지저귀고 장난질치는 직박구리들은 연립주택 주민들에게 큰 위안이 된다.

한여름 밤에는 8시 58분까지 고은산 숲에서 까치 짖는 소리 들려온다. 스러져가는 주황색 노을을 배경으로 짙푸른 어둠이 차츰 피어오르는 소리처럼 들린다.

다음 순간, 마치 약속이라도 한 듯, 새소리가 뚝 끊어진다. 숲 전체가 조용해지며, 어둠 속으로 사라져간다. 온종일 쉴새없이 깝작거리던 박새들도 마침내 하루 몫의 어둠과 휴식을 누리게 된 것 같다.

내부순환도로를 달려가는 차량 소음이 새소리를 대신하고, 매일 키가 자라는 동네 가로등 불빛이 한결 밝아지면, 불쌍한 것은 길가의 플라타너스와 은행나무들이다. 밤새도록 가로등과 자동차 전조등과 아파트촌의 불빛에 시달리면서 매일 뜬눈으로 밤을 새우는 이 가로수들은 어둠마저 빼앗겨버렸기 때문이다.

우듬지

산 까치가 겨드랑이에 둥지를 틀어도 모른 척
구름을 손짓하며 백 년이 지나도록
한자리에 서 있는 나무
5층 빌라보다 키가 큰 느티나무
분수처럼 수액이 뿜어 올라간
나무의 머리
우듬지는 그러나 하나가 아니다
옆에서 아래서 사이에서
나뭇잎과 꽃과 열매들 수없이
돋아나고
피어나고
익어가면서
무리 지어 다투며 자라 올라와 마침내
나무의 머리가 되는 순간에도
우듬지는 하나가 아니다
혼자서 우뚝 솟아오르지 않는다
여럿이 함께 바람에 흔들릴 뿐

어머니의 몸

단칸방에 살면서
시래기나물로 끼니를 때워도
누더기 옷일망정 몸 가리기
목숨처럼 소중히 여기지 않았느냐

허옇게 드러난 속살
부끄러움도 없이 이제는
마구 쑤셔대고
파내고
잘라버린다

늦었나
때늦게 뉘우치지 말고
가려라 숲으로 덮어라
우리를 낳아서 기른
어머니의 몸

어느 가을날

감이 주렁주렁 매달려
골목길 행인들의 눈길을 끌고
동네 사람들이 탐내던
우리 집 감나무
큰 가지가 어느 가을날
뚝 부러졌습니다
주황색으로 익어가는 그 탐스런
열매들의 무게 때문에

詩나무

우리 집 대추나무는 너무 늙어서 몇 년 전부터 열매가 맺지 않는다. 그래도 정정한 늙은이처럼 잎은 여름마다 무성하게 돋아나 산비둘기와 매미들을 불러들인다.

이 대추나무 줄기를 타고 능소화 덩굴이 높이 올라가며 불그스름한 꽃을 탐스럽게 피워놓았다. 위로 위로 뻗어 올라가는 덩굴식물의 힘은 호박 덩굴도 능소화나 담쟁이 못지않다. 옆집에서 슬그머니 담을 넘어온 호박 덩굴이 며칠 사이에 3층 높이의 대추나무 우듬지까지 기어 올라가 샛노란 호박꽃을 공중에 피워놓았다. 얼핏 보면 한 나무에 두 가지 꽃이 핀 것 같았다.

여름이 깊어가자 호박꽃이 피었던 자리마다 열매가 맺어 굵어지기 시작했고, 가을로 접어들자 대추나무 가지마다 커다란 늙은 호박이 주렁주렁 매달렸다.

행인들이 발을 멈추고 쳐다보는 것도 결코 이상한 일이 아니었다. 나무의 이름을 묻는 사람에게 나는 '詩나무'라고 대답해주었다.

대능원 가는 길

국토를 망친다고
분묘를 욕하시나요
땅에 바친 신라의 공양이
천년 묵은 소나무숲에 높다란
잔디 언덕들 우람하게
빚어놓았고
부드러운 돌 웃음을
새겨놓았습니다
경주를 남겼습니다
불타버린 황룡사보다
파묻힌 돌부처가 아름답지 않나요

부러운 모과나무

뒷마당 구석 자리에서 백 번 가까이
껍질 벗은 모과나무
장독대와 회양목 사이를 쪼르르 오고 가는
다람쥐보다 더 빠르고 부지런합니다
뾰족뾰족 돋아나는 새잎들 사이로
연붉은 모과꽃 피워내고
제멋대로 생겼다 해도
향기로운 열매들 익히면서
이웃집 닭장에 아침 그늘 드리우고
가을에는 메마른 땅
갈잎으로 덮어줍니다
맨몸으로 겨울을 나는 해묵은 모과나무
하늘로 하늘로 자라오르는 나뭇가지들
힘들어도 아래로 처지지 않습니다
사람의 자식들처럼 옆으로 뻗어가지 않습니다
모과주 나누며 김씨 댁 아들들 걱정하려니 문득
뒤뜰의 모과나무가 부럽습니다

거북이

깡충깡충 뛰어다니던 토끼가
잠수함 속에서 죽어가고 있다
노루보다도 빨리 달리던 표범들이
멸종의 위기를 맞았다고 한다
예나 이제나
달라진 것 없이
앞으로도 몇만 년을 엉금엉금 기어갈
거북이
느리다고 탓하겠느냐

제3부 처음 만나던 때

옳은 자와 싫은 자

"말에 기교를 부리고
얼굴 표정을 꾸미는 사람은
필경 진실함과는 거리가 멀다"고
이미 2천5백 년 전에 말했다니
TV 탤런트나 영화배우 그리고 시청자와 관객들이 오늘날
그를 좋아할 턱이 있나

쓰레기

아파트 마을 재활용 쓰레기터
신문지 뭉텅이와 찌그러진 포장지들 사이에
유럽에서 날아온 노란색 소포 상자
예쁜 연하장과 함께 나뒹군다
외국의 눈 나리는 창가에서 써 보낸
외로운 필적이 몇 줄 삐져나와 있다
수취인은 선물만 받아 챙기고
나머지는 그대로 버렸구나

배멀미

하구에 오면 강둑에 주저앉아
흐르는 물 바라보거나
바닷가 거닐고 싶지 않습니까
강과 바다 마주치는 곳
배를 타고 선착장을 떠나자
괭이갈매기와 도요새 떼 지어 날고
뱃전을 때리는 파도 갑판을 적시는데
수평선과 연육도 갈마드는 풍경
언젠가 한 번 보았다고
밀폐된 선실로 내려갑니까
아파트 거실처럼 평온하게 꾸며진
실내에서 바다를 건너려고 합니까

오복빌딩

고층 아파트 단지 맞은쪽은 일반 주택 지구이다. 큰길에서 골목으로 꼬부라지는 곳에 오복빌딩이 있다.

지은 지 오래되어 차고는 없고, 지하실은 단란주점인데, 입구에는 맥주병 박스가 나뒹굴고, 가끔 가라오케 소리가 흘러나오기도 한다.

일층 슈퍼마켓은 얼마 전에 24시간 편의점으로 바뀌었고, 이층에는 롯데리아가 생겼다. 하루 종일 햄버거와 코카콜라를 팔던 아가씨들이 근무 교대 시간이 되면, 사복을 갈아입고 퇴근한다.

삼층은 치과의원이다. 출입문이 여닫힐 때마다 알코올 냄새가 풍겨 나온다. 수납에서 의보 카드를 내놓고 수속을 마친 다음, 진료실로 들어가게 되어 있다.

화장실이 있는 층계참을 지나서 올라가면, 사층에는 당구장, 오층에는 단전호흡 수련원이 있다.

옥상에는 키 작은 향나무 몇 그루와 저수 탱크와 붉은 벽돌집이 있다. 문패 없는 이 옥상옥에서 빌딩의 주인이 산다.

그 위로는 하늘이다.

이 하늘이 아까워 건물주는 매일 밤 고층 아파트를 짓는 꿈을 꾸는 것이다.

주차장의 밤

매연과 소음이 층층이 쌓인
주차 빌딩이 텅 비었습니다
별의별 주인들 싣고
형형색색 자동차들 모두 퇴근한 밤
출입구 비상등마저 꺼지고
철근 시멘트의 흉측한 몰골만 남았습니다
사람의 자취 끊어지면 저렇게 되는군요
캄캄한 고요가 깊어갈 때
시커먼 주차장 기둥 뒤에
신분을 알 수 없는 인적이 어른거리면
불안한 긴장이 어둠을 깨뜨리고
보는 이 마음까지 두려워집니다
사람의 형체 나타나면 이렇게 달라지는군요

종묘 앞마당

빛 바랜 중절모를 쓴 할아버지들
중년의 퇴직자들과 엄마 잃은 아이들
취직을 해보지도 못한 젊은이들과
실직한 외국인 노동자들도 가끔 뒤섞여
매일 길고긴 하루를 보내는 곳
간이 녹지대와 종로 3가 보도 사이에
리어카 주방을 차려놓고
엘피지 가스로 오뎅을 끓이거나
떡볶이를 굽는 조리대 앞에서
웅기중기 선 채로 허기를 때우는 행인들
틈바구니에서 용케도 밟히지 않고
요리조리 옮겨다니며 음식 부스러기를 줍는 참새들
다리가 빨간 보라색 비둘기들
월남 선생의 동상 어깨와
포장마차 바퀴 밑을 오르내리며
온종일 쓰레기를 주워 먹어 살이 통통히 쪘다
조선 왕조가 잠든 종묘 앞마당에서
찌꺼기처럼 살아가는 우리 식구들

동물의 세계 2

가마우지가 물속으로 곤두박질치더니 금방
가물치를 물고 나왔다
물 위로 솟구친 강준치 사촌이 순식간에
수초 줄기에 앉은 잠자리를 물고 들어갔다
곰이 개울에서
연어를 사냥해 먹는가 하면
못에 숨어 기다리던 악어가
물 마시는 누우를 덥석 잡아먹기도 한다

이승과 저승은 이렇게 맞닿아 있어
눈 깜짝할 사이에
외계(外界)로 채뜨려지기에 십상이다
주의하고 조심해서 이 순간을
피할 수 있을까
과연 퇴출을 막을 수 있을까

불쌍한 사람들

한눈에 들어오지 않을 만큼 드넓은 평원
슐레스비히홀슈타인의* 벌판에서
오버바이에른**의 알프스 산기슭에서
한가롭게 풀을 뜯던 소들이
아름다운 풍경 밖으로
사라졌다
목부도 보이지 않는다
풀 한 포기 없는 콘크리트 축사에 갇혀
인공 골분 사료를 되새김질하며
몸무게를 불리던 소들은
푸른 초원이 그리워 마침내
미쳐버렸다
비실비실 미끄러지다가 넘어지고
도살되어 네 다리를 쭉 뻗은 채
태연하게 불타는 소
불쌍해라
고기를 태워버리는 육식 인종
착유기로 우유를 짜내던 축산 농민들
그리고 불쌍해라
값싸게 기른 보람도 없이

재만 남기고 사라진
수백만 마리의 소 값 때문에
눈물 한 방울 흘리지 않고
미쳐버린 사람들

  * 독일의 북동쪽, 덴마크와 맞닿은 평원 지대.
** 독일의 남서쪽, 바이에른의 고원 지대.

문밖에서

일곱 번을 여닫아야 드나드는 숙소에
열쇠를 두고 나온 것은
(흔히 있는 건망증이지만)
물론 나의 잘못이었다
등 뒤에서 문이 쾅 닫히는 순간
열쇠는 나를 내쫓고
스스로 숙소의 주인이 되었다
낯선 거주자들은 관심 없이 내 곁을 지나갔다
내가 오기 오래전부터 있었을
그리고 내가 떠난 뒤에도 그대로 있을
값비싼 의류 상점들 예컨대
모피 외투 전문점 포겐슈타인이나
남성 의류 판매점 말로반 등
낯익은 간판들까지 갑자기
환영의 미소를 거두고
적의를 드러냈다
금방 이렇게 달라지다니
지은 지 한 세기 반이 지난 임대 주택
한때 작곡가 주페와 시인 베르펠이 살았다는
합스부르크 시대의 건물 전체가

나를 모른 척했다
여권과 전화번호 수첩까지 안에다 두고
아는 사람 한 명도 없는 외국의 도시에서
숙소 밖에 갇혀버린 날
내가 묵을 숙소의 출입문 밖에서 나는
혼자 서 있었다
배척당하는 외국인의 동상으로
그 자리에 굳어버린 듯

그는 지갑을 가지고 다니지 않는다

천억 원쯤은 마음만 먹으면
언제라도 내놓을 수 있는 위인
그는 지갑을 가지고 다니지 않는다
온 나라가 금붙이를 모으느라고 야단법석일 때
아기의 돌반지와 할머니의 금비녀로부터
행운의 열쇠와 우승 메달까지
서민들이 장롱 속을 톡톡 털어서
국난 극복에 나섰을 때
그는 말없이
이 소꿉장난을 바라보았다
그의 가족도 마찬가지였다
엄청난 재산을 상속 또는 증여받아
제조업, 운수업, 금융업, 관광업 가리지 않고
재산을 증식시키는 것만 중요할 뿐
좀팽이처럼 금붙이 따위를 걷는 짓은
큰손이 할 일이 아니었다
돈을 버는 일이 아니었기 때문이다
총칼을 가슴에 들이대거나
피 묻은 오랏줄로 목을 조이지 않는 한
돈은 절대로 주는 것이 아니라

오로지 받는 것이었기 때문이다
천억 원쯤은 마음만 먹으면
언제라도 받아 넣을 수 있는 위인
그는 지갑을 가지고 다니지 않는다

2002번째 봄 2

트랜지트 패신저도 마찬가지였다
미국 항공 여객기 탑승구에서
한국 여권을 보더니 대뜸
카우보이 같은 백인 남성 보안원과
흑인 여성 보조원이 달려들어서
몸과 짐을 다시 뒤졌다
거대한 미국인이
왜소한 동양인을 붙잡아놓고
짐가방을 속속들이 뒤지고
온몸을 샅샅이 더듬었다
필통과 세면도구를 열어보고
코털깎이 미니가위와
포도주병 코르크마개 뽑개까지
흉기로 간주 압수했다
허리띠를 빼보고
구두를 벗기고
양말 바닥까지 금속 탐지기로 훑었다
선악의 축이 되기에는 너무 작은 나라
한반도가 남북으로 나뉜 것은
그들이 알 바 아니었다

이처럼 세계가 완전히 무장 해제된
평화의 봄에
전투기와 미사일 및 대량 살상 무기를
강매하려는 압력은 더욱
거세지고 있다
병정놀이가 아니라면 도대체
누구와 싸우라는 것인가

높은 곳을 향하여

중세의 기사와 영주들이 살던 고성(古城)은 높은 산 꼭대기나 강변의 절벽 위에 자리 잡고 있다. 하느님은 천국에 계시고, 속세의 지배자는 땅 위의 가장 높고 든든한 곳에서 군림하고자 했다.

요즘도 시장과 도심에서 멀리 떨어진 강가의 산기슭에 별장이나 저택을 소유하고 있는 부자들이 많다.

그러나 인구의 도시 집중이 가속화되면서, 가난한 일용 근로자들이 도시 주변의 산비탈 달동네에 모여 살게 되었다. 반정부 게릴라가 출몰하는 나라에서는 산 위의 빈민촌에 경찰도 출동을 꺼린다. 바로 이러한 변두리로 산성처럼 둘러싸인 도심에서 밤중에 바라보면, 산비탈 달동네의 불빛이 보석을 뿌려놓은 듯 찬란하다.

눈이 부셔 부끄러울 정도다.

대성당과 구 시청과 오페라 극장이 몰려 있는 중심가에는 바로크를 모방한 19세기 건물들이 화려한 장식을 자랑한다. 높은 천장에 샹들리에가 매달린 고풍 거실과 발다킨(天蓋)이 있는 침실에서 기거하는 부유층 시민들은 의상만 바꾸면 옛날의 귀족으로 돌아갈 수 있을 것 같다.

　대로변의 오래된 건물들은 육층 정도로 높이를 맞추고 있다. 아름다운 파사데로 가려진 옥상에는 지붕 밑 방들이 숨겨져 있다. 생계가 어려운 봉급생활자나 장기 체류 외국인들이 여기에 세 들어 산다. 이 퇴락한 거처의 창문으로는 하늘밖에 보이지 않는다.

　전망 없는 창가에 비둘기만 찾아와 구구거린다.

　높은 꿈을 키우며, 높은 곳을 향하여 기도하는 사람들은 산비탈 꼭대기나 지붕 밑 방에 살지 않는다.

이름

일찍이 내가 올라갔던 산
건너온 강
몇 개 되지 않지만 그 이름들조차
모두 기억하지는 못한다
내가 모르는 산과 강
지도에도 나와 있지 않은
수많은 얕은 언덕과 짧은 물줄기
어딘가 적혀 있지 않아도
그 많은 이름들
입에서 입으로 전해 내려온다
헤아릴 수 없구나
모르는 이름들
남들도 내 이름을 모른다
서로가 기억하지 못한다 해도
누군가 어디서 이름 부르고
때로는 자기의 이름 제각기 쓰면서
곳곳에 살아 움직이고
더러는 역사에 이름을 남긴다
술 한 번 함께 마셨다고
절에 한 번 같이 갔다고

그 이름을 유행 가수처럼 소리쳐
부를 수 있나
진실로 사랑하고 흠모하는 이를
강아지나 고양이 부르듯 그렇게
부를 수 있나
목청 높여 연호할 수 있나
가만히 입속으로 되뇌어보거나
가슴속에 간직한 채 혼자서
아껴야 할 이름

당신의 보드라운 손

광부 어부 농민 노동자 소매상인······
제 발로 모여든 수십만
청중을 웅변으로 열광시키고
헐벗고 굶주린 백성들의 원한을 업고
감옥살이까지 겪은 당신은
두려울 것 하나도 없습니다
가족의 생계 때문에 고심하고
바장이며 일하지 않아도 당신은
누군가의 노동으로 살아갈 수 있습니다
나무 한 그루 손수 심은 적 없지만
생명의 존엄을 역설하고
자유 평등 박애를 부르짖어 당신은
세상의 이목을 사로잡을 수 있습니다
별다른 직업도 없이 평생을
그렇게 살아온 당신의
손은 갓난아기보다도 곱습니다
굳은 못 박인 두 손으로
당신의 보드라운 손
잡아본 사람은 문득 깨닫게 됩니다
인생을 이렇게 살아갈 수도 있구나

삶의 새로운 길을 보여준 당신을
모두들 사상가라고 부릅니다

물기

메마른 4월의 도시에 비가 옵니다
목 타게 기다리던 가로수들
시원하게 씻겨주고
아스팔트 보도와 골목길 곳곳에
스며들지 못하는 물이
고입니다 진창을 튀기며 뛰어가는 개구쟁이
크레파스 뺨에 묻은 손주 데리고
조개껍데기 물놀이하는 할머니
세월이 물들인 흰머리
인간은 시를 쓰는 동물이라고 언젠가
용기 있게 발언한 선배이기도 하지요
화려한 옛날은 누구에게나 있습니다
장작불의 마지막 불꽃이 타오를 때까지
탁탁 튀어오르는 나무 속 물기
마른 버섯처럼 쪼글쪼글한 얼굴
아직도 티 없는 함박웃음 터뜨리는
눈꼬리에 물기가 번집니다
몸으로 스며들어 마음 적시고
연녹색으로 환하게 빛나는 물기
물은 자꾸만 퍼내야 고입니다

사막에 대한 견해

모래 언덕과 바위뿐인 아득한 사막 가로질러 걸어가는 낙타의 행렬, 오아시스를 찾아가며 신기루에 시달리는 대상의 행렬은 이국적으로 보입니다.

바싹 마른 대기를 깨뜨리며, 드물게 기적처럼 호우가 쏟아져서 사막을 물바다로 만들고, 와디의 흔적을 남기는 것도 상상할 수 있습니다.

고비 사막에서 황사가 날아올라 서울 하늘을 뒤덮고, 동경을 거쳐서, 샌프란시스코까지 도달하는 현상도 반갑지 않으나, 자연의 섭리로 받아들일 수밖에 없습니다.

하지만 식물도 자라지 못하는 사막, 불모의 땅에서 탱크와 미사일과 폭격기를 동원하여 전쟁을 벌이는 짓은 이해할 수 없습니다. 교활한 테러리스트 한 명을 잡으려고 사막처럼 광대한 나라를 흔적도 없는 폐허로 만들고, 가난하게 천년을 시달려온 종족들을 무차별 살상하는 폭력을 이해할 수 없습니다

물론 동의할 수도 없지요.

형무소 있던 자리

아직도 다도해 남쪽에서 봄이 머뭇거릴 때
서대문형무소 있던 자리에
때 이른 연녹색 잔디
목련꽃과 진달래꽃 앞질러 피어나고
통곡의 버드나무 가지에도 새잎이 돋아나며
독립문 주변의 고층 아파트까지 환하게 밝힌다
(새로 조성된 시립 공원에
비료를 많이 주었기 때문일까)
붉은 벽돌 감옥에 갇혀
평생을 굽히지 않고
눈을 뜬 채 세상 떠난 원혼들
그들의 못다 한 삶
한 맺힌 넋이
풀과 꽃과 나무로 해마다 앞장서
되살아나기 때문이다
여름내 안산 기슭 소쩍새 소리
인왕산 골짜기 부엉이 울음
유달리 슬프게 들리는 것도
그들이 부르지 못한 노래
삼켰던 울음

밤마다 쉰 목소리로 끊임없이
되살아나기 때문이다
아직도 높다랗게 솟아 있는 담장과 망루
소나무 측백나무 전나무들 틈에서
가을이 깊어가도 시들지 않고
단풍나무 빨갛게 빛나고
은행잎들 눈부시게 노랗다
서둘러 내리는 어둠 아랑곳없이
농구공 잡기에 여념 없는 아이들도
그들이 하지 못한 놀이
마저 놀아주려고 태어난
후손들인가

누가 부르는지 자꾸만 3

누가 부르는지 자꾸만
그 넓은 안쪽을 들여다보고
안절부절 둘레를 빙빙 돌다가
다시 건너편을 바라보고
누구에게 대답하는지 자꾸만
그 움푹한 안쪽을 들여다보고
안타깝게 손짓하다가
갑자기 방책을 넘어
안으로 뛰어 들어갔다
누구를 껴안으려는지 한껏
두 팔 벌리고
구르듯 비탈을 달려 내려가
산굼부리 한가운데로
사라져버렸다
아물지 않은 상처를 뚫고
누가 끌어들이는지 홀연
옛 땅의 핏줄 속으로
빨려 들어갔다
쫓기다 쫓기다 마침내
굴속에서 죽은 이들이

수풀로 뒤엉켜
살아 있는 곳으로

똑바로 걸어간 사람

단풍잎과 은행나무잎이 가을바람에 흩날리는 어느 오래된 절에서 그를 본 사람이 있다.

일주문을 지나서 사천왕문에 다다를 때까지 그는 직선을 그어놓고 그 위를 밟으며 가듯, 곧바로 걷고 있었다는 것이다. 다리를 쩍 벌리고 여덟팔자걸음을 걷는 관광객들 틈에서, 그는 준수한 사슴의 모습처럼 환하게 눈에 띄었을 것이다.

그가 결코 직선으로 걷는 연습을 한 것은 아니라고 믿는다. 그렇지 않아도 그는 평생을 똑바로 걸어온 사람이기 때문이다.

속임수도 에움길도 모르고 오로지 한 길을 뚜벅뚜벅 걸어온 그는 그렇게 우리 곁을 지나갔다. 조금도 서둘지 않고 똑바로 걸어서 우리를 앞서더니, 어느새 까마득히 멀어지다가, 갑자기 사라져버렸다. 우리는 말을 잃고, 홀린 듯이 그쪽을 바라보았다. 아무런 자취도 보이지 않았다.

안타깝게도 우리는 그가 떠난 것을 너무 늦게 알았던 것이다.

나중에 어느 천주교 성지에서 여전히 꼿꼿한 자세로 걸어가는 그의 모습을 보았다는 사람도 있다.

　　언젠가 갑자기 그와 마주치게 되지 않을지, 헛된 희망을 품고, 우리는 오늘도 그를 뒤따라가고 있다.

　　낙엽을 밟고 가는 그의 발소리나, 그의 카랑카랑한 목소리가 저 앞에서 들려오기를 기다리는 마음 간절하다.

　　어쩌면 그것은 우리의 뒤쪽에서 곧바로 눈길을 걸어오는 젊은 목소리로 들려올지도 모른다.

처음 만나던 때

조금만 가까워져도 우리는
서로 말을 놓자고 합니다
멈칫거릴 사이도 없이
—너는 그 점이 틀렸단 말이야
—야 돈 좀 꿔다우
—개새끼 돼지고 싶어
말이 거칠어질수록 우리는
친밀하게 느끼고 마침내
멱살을 잡고
싸우고
죽이기도 합니다
처음 만나 악수를 하고
경어로 인사를 나누던 때를
기억하십니까
앞으로만 달려가면서
뒤돌아볼 줄 모른다면
구태여 인간일 필요가 없습니다
먹이를 향하여 시속 110km로 내닫는
표범이 훨씬 더 빠릅니다
서먹서먹하게 다가가

경어로 말을 걸었던 때로
처음 만나던 때로 우리는
가끔씩 되돌아가야 합니다

제4부 일주문 앞

그것은

흔히 맥주 앞에 붙이듯
생(生)이라고
그렇게 한마디로 말하는 대신
구차스러울 만큼 이런 말 저런 말을 늘어놓으면서
되풀이하여 제 나름대로
삶을 그려보려는 것 아닐까
그것은

귀

후박나무 잎에 내리는 가을비
늘어진 담장이 넝쿨 흔들면서
유리창을 후드득 두드리는 빗줄기
수녀원 회랑을 스쳐가는 옷자락 소리처럼
그것은 일종의 침묵이라고 생각했다
목련꽃 소리 없이 떨어뜨리고
라일락 향기를 살짝 풍기는 봄바람
또는 고층 건물 모서리에 부딪혀
윙윙거리는 하늬바람 소리도
침묵의 변형이라고 생각했다
조개의 침묵과 나무의 침묵
바위의 침묵도 되도록 배우고 싶었다
그러나 며칠 동안 쏟아진 비가
파주와 연천을 물에 잠기게 하고
남지나해에서 올라온 돌개바람이
중앙로의 가로수를 뽑아버리고
서해대교 강판을 몇 개나 떨어뜨렸을 때
그것은 침묵이 아니었다
말없이 오랫동안 참아온
바위와 나무와 조개의 침묵

그 침묵의 소리도 이제는 듣고 싶다

조심스럽게

조심스럽게 물어보아도 될까……
역사 앞에서 한 점 부끄러움도 없다고
주먹을 부르쥐고 외치는 사람이
누구 앞에서 눈물 한번 흘린 적 없이
씩씩하고 튼튼한 사람이 하필이면
왜 시를 쓰려고 하는지……
아무런 부끄러움도 마음속에 간직하지 못한 채
언제 어디서나 마냥 떳떳하기만 한 사람이
과연 시를 쓸 수 있을지……
물어보아도 괜찮을까……

목청 고운 새

들어본 적 없는 고운 목청이다
창밖을 내다보니
주목나무 잎 사이에서 단풍나무 가지로 옮겨 앉으며
상큼한 꼬리만 얼핏 보여주고
담쟁이덩굴 너머로 날아가버렸다
어린 꾀꼬리도 산 까치 새끼도 아니었다
나뭇가지만 잠깐 흔들거렸다
내다보면 어느새 자취 없이
사라지는 새
노랫소리에 가만히 귀 기울이지 않고
왜 자꾸만 새를 보려고 하는지

보리수가 갑자기

바람 한 점 없이
무더운 한낮
대웅전 앞뜰에서 삼백 년을 살아온 나무
엄청나게 큰 보리수가 갑자기
움찔한다
까치 한 마리가 날아들어
어디를 건드린 듯
하기야 급소가 없다면
벗어나아 할 삶도 없겠지

귀밝이술

21세기 새 아침 차례를 지내며
모사 그릇이 없어 쌀 담은 보시기에
강신주를 부었답니다
지방을 불사르고 문밖에 나가
조상님 혼령을 배웅하고
술에 젖은 쌀을 마당에 뿌렸지요
눈치 빠른 까치들 재빨리 주워 먹고
날아오르면서 비틀거리는 날개
나뭇가지에 부딪히고
유난히 큰 소리로 깍깍 짖어댔어요
이 신호를 듣고 온 동네 까치떼
금세 우리 집 감나무에 모여들었답니다
귀밝이술 한 잔에 얼굴 벌게져
소란스런 새해 소식에 귀 기울였지요

누런 봉투의 기억

흔하디흔한 누런 봉투였지요
손때 묻고 귀퉁이가 해어진
그 누런 봉투가 보이지 않았습니다
육십 년 생애를 담아놓은 사진들
봉투째 쓰레기 더미로 사라진 것입니다
사오십 년 전의 또렷한 모습들
기억 속으로 들어가버린 것입니다
컴퓨터에 저장하지 못했다고
안타까워하지 마십시오
클릭 한 번 잘못으로
몽땅 날아가버릴 수도 있습니다
사진이나 계약서나 값진 유물은
순식간에 잃어버릴 수도 있습니다
가물가물 멀어져가지만
희미한 기억 속이 가장 안전하지요

일주문 앞

갈잎나무 이파리 다 떨어진 절길
일주문 앞
비닐 천막을 친 노점에서
젊은 스님이
꼬치오뎅을 사 먹는다
귀영하는 사병처럼 서둘러
국물까지 후루룩 마신다
산속에는 추위가 빨리 온다
겨울이 두렵지는 않지만
튼튼하고 힘이 있어야
참선도 할 수 있다

도미 한 마리

생선 코너 수족관 바닥
집게발 묶인 바닷가재와 전복 옆에
광어와 도다리와 범가자미
그리고 다금바리 두 마리가
배를 포갠 채 엎드려 있다
상어 새끼 한 마리와 농어 두 마리
그리고 검은 줄도미가 서로 몸을 피해
쉴새없이 오락가락하는 뿌연 물속에서
눈빛 잃은 도미 한 마리
자꾸 옆으로 쓰러지는 몸을 세우려고
지느러미와 꼬리를 허우적거린다
산 채로 죽어가는 도미 한 마리
펄펄 뛰는 생선으로 일찌감치
횟감이 되었더라면
더 슬펐을까

산 너머

우리 마을 동녘에 우뚝한
동산 위로 아침마다
해가 솟아오르고
보름날 저녁에는
달이 떠오릅니다
동산(東山) 너머 가막골에서는
우리 동산을 서산(西山)이라 부르지요
서산 너머 저녁마다
해가 떨어지고
보름날 새벽에는
달이 집니다

팔월의 들머리에서

물 끓듯 울어대는 매미와 함께
한반도를 장악한 열대성 군단과
팔월의 들머리에서
한바탕 겨루어보려고 했지요
방충망으로 저지선을 긋고
냉방 속에 몸을 숨기고
틈틈이 샤워를 하면서
TV를 통해서 관망했지만
끈저끈적한 열대야를 밀어낼 수는 없었어요
극성스런 모기를 잠깐 피하고
섭씨 33도의 더위를 잠깐 바깥에 내놓고
비 오듯 쏟아지는 땀을 잠깐 식혔을 뿐
붐비는 해수욕장과 막히는 고속도로와
선량한 이웃들이 물에 잠기는 참상을
화면으로 보면서도 여름 군단을
총체적으로 제압할 방법은 없었습니다
온종일 들고 있던 부채를
툭 떨어뜨리며 잠들기 전에는
열대의 꿈을 꿀 수도 없었어요
오이와 포도와 수박을 따 먹으려고

투항할 수도 없고 비굴하게
복종할 수도 없는 여름을 그저
짙푸른 젊음의 계절이라고 불러야 할까요
이 더위와 장마와 물난리를 상대로
누가 무모하게 목숨을 걸고 싸우겠습니까

외돌개

섬에 딸린 섬
어미의 몸속으로 다시 들어갈 수 없는
어린 고래처럼
삼매봉 근처를 떠도는 작은 섬
멋쩍게 외지인들 등 뒤에서
사진을 찍는 바위섬
바다에 혼자 떨어져 있어
외로울까
짙푸른 수평선 서 너머
움직이지 못하는 뭍에 갇혀
섬이 없는 나라도
많은데

책찾기

분명히 어딘가 잘 두었는데
찾을 수가 없었다
세 시간이 넘도록 구석구석 뒤져보았으나
헛수고였다
누구에게 빌려주지도 않았는데
가뭇없이 사라져버린 것이다
얼마 남지 않은 인생을
겨우 잃어버린 책을 찾는 데
이렇게 바쳐야 하다니……
지쳐서
의자 등판에 기댄 채 졸다가
눈을 떠보니
바로 눈앞의 책상 서가에
그 책이 비스듬히 꽂혀 있지 않은가
책 속의 진리처럼

전원 마을

고속도로나 고가도로 주변에서 살아본 사람은 안다. 자작나무숲이나 침엽수림의 무수한 나뭇잎들이 보기 좋게 도로를 가려주고, 자연 친화형 방음벽이 곳곳에 설치되어 있어도, 주민들은 밤낮으로 소음에 시달리게 마련이다.

이 동네의 계곡을 드높게 가로질러 횡단하는 고속도로는 교각과 도로의 이음새 부분이 잘못 시공된 것 같다. 자동차가 지나갈 때마다 덜커덕덜커덕 소리가 난다. 자동차들이 꼬리를 물고 고속 주행할 때는 거의 기관총 소리 같은 소음이 이어진다. 특히 한밤중에는 그 소리가 참을 수 없이 요란하다.

동네 사람들은 불평이 많았지만, 개량 공사는 대규모 사업이므로 쉽사리 시행되기 힘들었다. 하기야 관광 산업의 꼬임에 빠져서, 고속고가도로 건설을 처음부터 막지 못한 것이 잘못이었다. 문명의 발달은 소음을 동반하는 것이 당연하다고 믿고, 모두들 한동안 참았지만, 결국은 견디다 못해, 집집마다 소음 차단 창문과 출입문을 사다가 달았다. 어느 제품이 우수한지 서로 정보를 교환하기도 했다.

창문을 열어놓거나 밖에 나오면, 소음 때문에 괴로우니까, 되도록 집 안에 들어앉아 나오려고 하지 않았다. 온 동네가 함께 모여 개선책을 강구할 생각은 사라지고, 동네 사람들이 서로 만날 기회조차 점점 드물어졌으며, 몇몇 사람은 아예 이 동네를 떠나버렸다.

　그리하여 고속도로를 달려가는 운전자와 관광객들이 수풀 사이로 무심하게 힐끗 눈길을 던지고 가는 그런 마을로 남게 되었다. 그들의 눈에는 이 동네가 한적하고 평화로운 전원 마을로 보였다. 낡고 퇴락한 마을일수록 멀리서 지나가는 사람에게는 아름답게 보이기 때문이다.

마지막 물음

전화기도
TV도
오디오 세트도
컴퓨터도
휴대폰도……
고장나면
고쳐서 쓰기보다
버리고
새로 사라고 합니다
그것이 더 싸다고 합니다

사람도 요즘은 이와 다를 바
없다고 하더군요

우리의 가정도
도시도
일터도
나라도
이 세계도…… 그렇다면
고칠 수 없나요

버려야 하나요

하나뿐인 나 자신도
버리고
새로 살 수 있나요

슈테클리츠*의 여름

참으로 오래간만에, 거의 3주일 만에 눈부신 햇빛이 났다.

집 앞의 정원이나 비어가르텐**, 시립 공원과 식물원 근처가 온통 햇볕을 쐬러 나온 사람들로 가득했다. 그들은 몇 명씩 모여 앉아 맥주를 마시거나, 아이스크림을 먹으며 햇볕을 즐겼다. 아예 웃통을 벗어젖히고 풀밭에 엎드려 있는 젊은이들도 많았다. 그래도 큰 소리로 떠들어대는 사람은 별로 없었다.

독일인들이 흔히 그렇듯, 쉬면서도 진지한 표정들이었다. 마치 인생의 중요한 부분을 햇볕에 익히고 있는 것 같았다.

발걸음을 재촉하며 그 앞을 지나다가, 지금이 그들에게 미룰 수 없는 시간이 아닐까 생각했다. 금방 또 변덕스럽게 구름이 몰려오고, 비가 쏟아질지도 모르기 때문이 아니었다. 눈감으면 어차피 영원히 쉬는 것이라고 믿어온 내가 잘못이었다. 죽으면 자기의 시간이 멈춰버리므로, 쉴 시간도 없지 않은가.

하숙방으로 돌아와서, 나는 컴퓨터를 끄고, 베란다에 나가 앉았다. 주인 집 정원으로 커다란 다람쥐 한 마리가 지나갔다. 예사롭게 잊혀지지 않는 이러한 기억들이 어느 여름의 화석으로 남았다.

* 슈테클리츠: 베를린 시내 남서부 거주 지역.
** 레스토랑이나 카페의 바깥 마당에 설치된 야외 맥주가든.

한강이 얼었다

1951년 정월 초나흘 멀리서 대포 소리
들려오던 한겨울 꽝꽝
얼어붙은 한강을 건너 남쪽으로
남쪽으로 피난길에 올랐다
소가 끄는 짐수레와 리어카에 사흘 치
먹을거리와 이불을 싣고 삐거덕거리며
옷 보따리 머리에 이고 등짐 짊어지고
더러는 애기까지 가슴에 안고
수십만 피난민들 걸어서 한강을 건넜다
눈보라도 강추위도 우리를 막지 못했다
혹독했던 그 겨울 살아남아
반세기가 지난 오늘
눈발 흩날리는 강변도로 자동차로 달려가면서
스무 개로 불어난 한강 다리 양쪽
끝없이 늘어선 아파트와 고층 건물들 바라보니
지금도 피난 행렬 눈앞에 떠오른다
인해 전술에 쫓기고 굶주림에 시달리던 그때보다
이제는 오히려 두려움만 늘었나
다리를 절면서 한 발짝 두 발짝 걸어갔던 얼음길
지금은 편안하게 승용차에 실려 가면서

마음은 무겁게 뒤로 처지고
과속 규제 카메라에 잡힐까 봐
움찔움찔 겁을 내는 붉은 후미등 불빛
곳곳에서 앞길을 가로막는다

인디언과 다른 점

　그레이하운드 버스를 타고 콜로라도 고원을 달려가
던 인디언이 갑자기 벌판 한가운데서 내려달라고 고집
했다.
　이렇게 고속으로 달려가면, 영혼이 육신을 쫓아올 수
없기 때문에, 육신을 멈추어 서서 영혼을 기다리겠다는
것이었다.

　점보제트기를 타고 유럽에서 한국까지 불과 열 시간
만에 날아온 날, 현지 시간 적응한답시고, 반주 곁들여
푸짐하게 저녁을 먹고, 그대로 곯아떨어졌다.
　자명종이 울리는 새벽에 눈을 뜬 순간, 여기가 어딘
가, 어느 호텔 방인가, 국제선 여객기 속인가, 어느새 집
에 돌아왔나, 분별이 안 되어 어리둥절……
　억지로 아침 먹고, 늘름하게 출근하니, 그때부터 눈꺼
풀이 무거워지고, 소화가 안 되고, 화장실에 못 가고, 하
품만 끊임없이 쏟아져 나온다.

　정신은 서울에 돌아왔지만, 육체는 아직도 서양의 어

느 도시를 헤매고 있구나.

　인디언과 다른 점인가.

　정신보다 느린 나의 육체가 우랄알타이 산맥을 넘어 고비 사막을 지나

　동쪽으로 동쪽으로 나를 찾아오려면, 앞으로 두 주일은 더 걸릴 듯.

제5부 다시 연필로 쓰기

하루 또 하루

느닷없이 암 진단이 떨어진 날부터
우리의 건강한 동료 이선생이
유기수가 되었습니다
육개월 남짓
기한만 채우면
출옥합니다
갑갑한 이 세상을 떠나는 것이지요
뒤에 남은 무기수들
조만간 출옥할 가망도 없이 우리는
계속 복역합니다
억지로 견디는 것이지요
버드나무 붙들고 울던 사람들
불쌍하게 되새기면서
헛된 희망의 세월
오히려 다행스럽게 여기면서 우리는
하루 또 하루
습관처럼 살아가고 있습니다

다시 연필로 쓰기

해방 후에는 모든 물자가 궁핍했다. 종이와 연필도 그랬다. 누런 마분지에다 흐릿한 연필로 가갸거겨……를 연습했다. 연필로 글씨를 배우기 시작했던 것이다.

중학교 때는 잉크병을 학교에 가지고 다니며 펜으로 노트 필기를 하는 학생들이 많았다. 검지 끝이 온통 잉크 자국이고, 걸핏하면 잉크병을 둘러엎어 교복을 버리기도 했다. 좋은 만년필은 전찻간에서 소매치기를 당할 만큼 선망의 대상이었다.

가느다란 연필심이 나오는 샤프펜슬이나 모나미 볼펜은 그로부터 한참 뒤에 나왔다.

타자기는 대학을 졸업할 무렵에 겨우 배웠고, 워드 프로세서는 사십대 후반에야 사용하기 시작했다.

그러나 두 손가락으로 키보드를 두드리는 것보다는 아직도 원고지에 쓰는 편이 빠르다.

글씨를 꾹꾹 눌러서 쓰는 습관 때문에 볼펜으로 원고지를 많이 메우고 나면, 바른팔 어깻죽지가 아팠다.

요즘은 어느 틈에 연필을 다시 쓰기 시작했다. 정성

들여 연필을 깎아 손에 힘을 빼고 슬금슬금 글씨를 써나가면서, 그래도 반세기 전보다 종이와 연필은 나아졌음을 실감한다.

　이렇게 옛날로 되돌아가기 때문에 환력(還曆)이라는 말이 생긴 것 같다.

눈

낡은 안경의 도수를 높여가면서
끊임없이 무엇인가 읽으려는 버릇
보려는 욕심 때문에
눈이 아파 괴롭고
안구의 실핏줄이 자주 터진다
활자를 멀리하고
바깥 세상 보지 않으려 해도
뜻대로 되지 않는 눈
연녹색으로 부풀어 오르는 갈잎나무숲
밀려오는 파도와 뭉게구름
단풍과 낙엽과 눈보라
보고 싶은 마음 억누르며
눈을 감으면
어둠의 안쪽에서 떠오른다
잠도 안 자고 명멸하는 무수한 숫자들
옮겨 심은 늦모종은 시들고
빛 바랜 그믐달
구름에 가리지 않아도
눈앞이 흐려지고
때로는 눈물이 나오고

카메라 렌즈처럼 여닫을 수 없어
불편한 나의 눈

4분간

지평선의 낙조는 외롭습니다
아무도 창밖을 내다보지 않고
비디오와 컴퓨터 화면만 들여다보니까요
1분씩 1분씩 힘들게 고비 사막을 통과한 점보 여객기는
캄캄한 시베리아 밤하늘을 날아서
이제 예카테린부르크 상공을 지나갑니다
목적지까지 소요 시간 4시간 39분
고도 10,700미터
바깥 온도는 −60°C
우랄 산맥을 넘으려면 기체가 좀 흔들릴 것입니다
시속 850km로 날아가도
시간은 더디게만 흘러갑니다
목적지까지 소요 시간 4시간 35분
4분이 지나갔습니다
착륙할 시간이 4분 빨라진 셈이지요
그만큼 여생이 줄어든 것입니까
영원히 이륙할 시간이 그만큼
다가온 것입니까

새 구두

복사뼈를 덮고 발목까지 올라오는 편상화.

이 밤색 구두끈을 조여 매고, 20세기가 저물 때까지 참으로 많이도 걸어다녔다. 서울에서 부산까지는 물론이고, 동경과 대만을 거쳐 발리 섬까지, 샌프란시스코와 뉴욕을 거쳐 토론토까지, 런던, 파리, 로마, 베를린을 지나서 바르샤바까지, 뮌헨, 프라하, 빈을 지나서 부다페스트까지, 동남아와 북미 대륙과 유럽 각국을 누비고 다닌 것이다. 색깔이 바래고, 가죽이 터지고, 뒤축이 비뚜로 닳았지만, 발에 길들어 신기에 편하다.

그러나 볼이 꿰지고, 앞창에 구멍이 뚫려서, 이제는 고쳐 신을 수도 없게 되었다. 골목을 지나가는 폐품 수거차에 주어버리고 나니, 마치 맨발을 벗은 듯 허전하다. 내 발처럼 익숙해진 구두를 버려야 하듯, 세상이 발에 맞는 신발처럼 편안하게 느껴질 때쯤, 우리도 세상을 떠나게 마련이다.

새 천년의 새해 첫 아침을 남보다 먼저 맞이하기 위하여 동쪽으로 동해 바다로 앞 다투어 달려간다. 하지만 새 출발을 하는 새 천년에 우리는 모두 이 세상을 떠나게 될 것이다. 헌 구두를 버리고, 새 구두를 갈아 신고, 어디까지 갈 수 있을지.

어둠의 무리

돛단배 타고 삼도천 건너와
옛날 집 뒤꼍 후미진 구석에서
검은 두건에 상복을 걸친 채 웅크리고 있던
무리가 사방을 싸돌아다닌다 요즘은
아파트 승강기 타고 수시로 오르내리고
지하철 노약자석에 다리를 꼬고 앉아 있다
고속도로 입구의 견인 차량 운전석에서 졸고
하강하는 여객기 창문으로 서울을 내려다본다
여권도 없이 공항 입국 심사대를 통과하고
생선가게나 푸줏간을 기웃거리고
유흥가의 지하 노래방에서 목청 돋우고
택배 회사 직원을 가장하고 집으로 찾아온다
으슥한 공동묘지의 응달진 골짜기보다
편의 시설을 갖춘 장례식장 접객실을 더 좋아한다
이제는 개도 그들을 보고 짖지 않는다
빛의 속도로 움직이는 어둠의 사자들
미리 비켜가기는 힘들고
매수할 수도 없고
정면으로 맞닥뜨리면
도망가기도 불가능하다

저승의 관청에서 보내왔나
퇴출시킬 수 없는 이 어둠의 무리

하행(下行)

자동차도 놓아둔 채 때로는
그냥 떠나고 싶어
서울역으로 달려나온다 헐떡거리며
플랫폼 계단을 구르듯 뛰어내려와
출발하는 기차의 마지막 칸에
가까스로 올라타
빈자리에 털썩 주저앉는다
창밖으로 한강이 지나간다
깜빡 눈을 붙였다 뜨니
어느새 천안이다
떠나가는구나
읽어야 할 책 엎어놓고
쓰다 만 원고 내버려두고
교통범칙금이나 종합소득세 납부
결혼식 주례와 처갓집 조문
모든 약속과 의무 저버리고
신분증과 크레디트 카드 놓아둔 채
어디로 가나
생각도 없이
멀어지는 곳도

가까워지는 곳도 없이
이렇게 떠나가다니

바다와 노인들

바닷가 외딴 마을의 길가 벤치에 노인 세 사람이 앉아서 무료하게 담배를 피우고 있다. 어부 출신으로 보인다. 소주를 마시기에는 아직 이른 시각이다. 그들은 서로 이야기도 나누지 않고, 바다를 바라보지도 않는다.

바닷가를 거닐며 파도 소리에 귀 기울이는 관광객이나, 롤러스케이트를 배우는 동네 아이들만 가끔 쳐다볼 뿐이다.

해풍에 깃을 씻은 까치들이 길가의 목책 난간에 내려앉아 바다와 노인들을 번갈아 바라보다가, 사람이 지나가면 소나무 가지로 올라앉는다.

인생의 남은 시간이 흘러가는 소리 들리고, 그 모습이 보이는 것만 같다.

담배와 술에 찌든 이 노인들 틈에 끼어 앉아, 나도 외지에서 온 친구가 지나가는 것을 무심하게 바라보고 싶어진다. 나 같으면, 행인보다는 바다를 더 오래 바라볼 것이다.

그래도 될까. 내가 용기를 내어 접근하자, 그들은 무엇을 물으려 하느냐는 눈초리로 쳐다본다.

116

여기서 돌아서면 안 될 것 같아, 또 한 발짝 그들에게 가까이 간다. 어느 틈에 그들은 네 사람으로 늘어났다. 안경을 쓴 낯익은 얼굴도 그 가운데 있지 않은가.

나는 나에게로 바짝 다가선 셈이다.

미룰 수 없는 시간

야채샐러드에 안심구이를 곁들여 붉은 포도주 한 병을 다 비운 것이 잘못이었다.

그들이 나타난 것이다.

최근에 나온 동창생 명부를 던져주고, 그들은 나에게 친구 열 명을 뽑아내라고 했다.

동창생 가운데 이미 십분지 일이 세상을 떠났는데, 그 나머지에서 또 열 명을 추려내라는 것이었다. 나로서는 불가능한 일이었다.

하지만 피할 수 없는 상황이었다.

내 자신을 그 중의 한 명으로 넣는 대신, 나머지 아홉 명은 뽑을 수 없다고 나는 완강하게 거부했다. 아무리 그들이 위협해도 나로서는 아무도 거명할 수 없었기 때문이다.

미룰 수 없는 시간이 다가오고 있었다.

잠들게 될지, 깨어나게 될지, 알 수 없는 순간이었다.

특별 귀향 열차

외국의 전철처럼 낯설게 생긴 차량이었다.

주로 노인 승객들이 많이 탄 그 기차는 특급 열차였는데, 스물두 해 전에 돌아가신 아버지도 뒤쪽 좌석에 앉아 계셨다.

기차가 중간 기착지에 도착했을 때, 나는 차표 없이 타고 있다는 사실을 갑자기 깨달았다. 무임승차로 적발되면, 벌금을 물게 되므로, 이 역에서라도 승차권을 사려고, 얼른 뛰어내렸다.

겨우 매표구까지 달려왔을 때, 내가 탔던 기차는 정차 시간이 지나서 떠나가버렸다. 큰일 났구나. 역 앞 버스 정류장으로 뛰어나가서, 간신히 고속버스 표를 샀다. 막 떠나려는 그 버스를 마침 앞의 손님이 붙들었고, 나도 그 뒤를 따라 가까스로 올라탔다.

가슴이 터질 듯 뛰었다.

결국 아버지가 타신 기차를 놓쳐버렸고, 밤늦게 서울 고속버스터미널로 돌아오게 되었다. 그런데 생각해보니, 그 기차는 승차권이 필요 없는 특별 귀향 열차였던 것 같다.

남은 자의 몫

무덤의 봉분을 둥그렇게 쌓아올리자, 어느새 해가 기울기 시작했다. 죽은 이를 땅속에 파묻고 나니, 새삼 그를 이제 볼 수 없겠다는 생각이 들었다. 망자와 생자는 죽은 날이 아니라, 파묻는 날 헤어지는 것이다.

조객들은 귀로에 하나둘 영구차를 내렸고, 절에 들러 위패를 안치하고 집으로 돌아왔을 때는, 가족들만 남았다. 평상시에 비하면 많은 식구들이 모인 셈이지만, 방과 마루와 부엌과 마당이 텅 비어 있었다.

한 사람이 떠난 자리가 그토록 넓을 줄은 몰랐다.

아들은 건넌방 구석에 쓰러져 잠이 들었고, 딸들은 슬픔에 젖어 있었다. 다시는 만날 수 없는 엄마를 마음속에 떠올리면서 간간이 훌쩍거리거나 멍하니 앉아 있었다.

엄마를 잃은 자식들은 저마다 슬픔의 이기주의자가 된 것 같았다. 자기들의 슬픔만 곱씹을 뿐, 아빠의 슬픔은 위로해주려 하지 않았다. 반세기 가까이 함께 살아오며 사남매를 길러낸 아내를 잃은 지아비의 심정을 그들이 알 리 없었다.

오래된 제비집이 사그라져가고 있었다. 혼자서 감당할 수 없는 슬픔 때문이 아니라도, 이제는 가장 노릇이 끝난 셈이었다. 서둘러 모든 일을 정리하고, 혼자서 떠날 준비를 해야 할 차례였다. 아쉬운 전송을 받으며 먼저 떠난 자는 얼마나 행복한가.

　　하지만 떠나는 자를 배웅하면서 그 뒷모습을 기억하는 것은 뒤에 남은 자의 몫이 아닌가. 간직한 뒷모습의 기억을 전해주고 스스로 떠날 때까지, 아무런 일도 없었던 것처럼, 그렇게 계속해서 살아가는 것 또한.

'처음'으로의 회귀

박철화

김광규의 시를 읽는 일은 언제나 지적 성찰을 요한다. 나날의 일상과 그 일상이 벌어지는 세계에 대한 질문을 담고 있기 때문이다. 그 속에서 과거와 현재, 순수와 타락, 자연과 허위의 문명, 진실과 거짓이 모습을 드러낸다. 과도한 낭만주의의 자기 토로에도, 그렇다고 주지주의의 지적 난해함에도 이끌리지 않으며 그는 질문이 빚어내는 자신만의 풍경을 고집스럽게 만들어오고 있는 것이다. 그 고집으로 인해서 때로는 반복처럼 보이기도 하지만, 그 풍경은 동시에 변주이며, 그럼으로써 어느 새 확장과 심화의 물줄기를 이룬다. 게다가 그 고집은 형식의 차원에서도 여전히 이어진다. 쉽고 투명한 시어, 일상어에 가까운 리듬, 때때로 그 리듬마저 감추는 산문시 등은 김광규에게 와서 보다 분명한 모습을 갖게 되었다. 그래서 이제 김광규적 세계는 우리 시의 한 전통이 되었다.

산문시와 운문

그 가운데서도 여덟번째가 되는 이 시집에서 한 가지 주목할 것은 산문시다. 물론 산문시는 첫 시집『우리를 적시는 마지막 꿈』부터 내내 이어지는 것이다. 그의 대표작 가운데 하나인「靈山」과 같은 작품이 그 예다. 이처럼 계속해서 산문시를 만들어오고 있다는 점은 그의 시가 처음부터 갖고 있는 이야기에 대한 관심을 증명한다. 이번 시집에서도 그것은 여전하다.

무덤의 봉분을 둥그렇게 쌓아올리자, 어느새 해가 기울기 시작했다. 죽은 이를 땅속에 파묻고 나니, 새삼 그를 이제 볼 수 없겠다는 생각이 들었다. 망자와 생자는 죽은 날이 아니라, 파묻는 날 헤어지는 것이다.

조객들은 귀로에 하나둘 영구차를 내렸고, 절에 들러 위패를 안치하고 집으로 돌아왔을 때는, 가족들만 남았다. 평상시에 비하면 많은 식구들이 모인 셈이지만, 방과 마루와 부엌과 마당이 텅 비어 있었다.
한 사람이 떠난 자리가 그토록 넓을 줄은 몰랐다.

아들은 건넌방 구석에 쓰러져 잠이 들었고, 딸들은 슬픔에 젖어 있었다. 다시는 만날 수 없는 엄마를 마음속에 떠올리면서 간간이 훌쩍거리거나 멍하니 앉아 있었다.
엄마를 잃은 자식들은 저마다 슬픔의 이기주의자가 된 것 같았다. 자기들의 슬픔만 곱씹을 뿐, 아빠의 슬픔은 위로해주려 하지 않았다. 반세기 가까이 함께 살아오며 사남매를 길러낸 아내를 잃은 지아비의 심정을 그들이 알 리 없었다.

오래된 제비집이 사그라져가고 있었다. 혼자서 감당할 수 없는 슬픔 때문이 아니라도, 이제는 가장 노릇이 끝난 셈이었다. 서둘러 모든 일을 정리하고, 혼자서 떠날 준비를 해야 할 차례였다. 아쉬운 전송을 받으며 먼저 떠난 자는 얼마나 행복한가.
하지만 떠나는 자를 배웅하면서 그 뒷모습을 기억하는 것은 뒤에 남은 자의 몫이 아닌가. 간직한 뒷모습의 기억을 전해주고 스스로 떠날 때까지, 아무런 일도 없었던 것처럼, 그렇게 계속해서 살아가는 것 또한.
 ──「남은 자의 몫」 전문

시집의 마지막에 놓인 이 작품의 경우, 이것은 잘 다듬어진 단편 소설의 한 자락으로 읽혀도 손색이 없다. 묘사와 독백을 통해 드러나는 화자의 내면 풍경에는 더하고 뺄 군더더기가 전혀 없다. 그런데 흥미로운 점은 그 풍경을 감싸고 있는 공간과 시간이 극도로 압축되어 있다는 것이다. 그래서 이 정적인 풍경에서 다 말되어지지 않은, 침묵과도 같은 어떤 것이 분출을 기다리듯 긴장을 품고 있다. 아마도 이 점이 김광규의 산문에다 시라는 특성을 부여하는 '시적인 것'의 정체일 것이다. 맑고 간결하여 단순해 보이기까지 한 김광규의 시적 세계는 바로 이런 침묵의 소리라는 겹을 가지고 있다. 이것을 통해서 울림이 일어난다.
위의 작품에서는 '기억'이 그 격발(擊發) 장치의 역할을

하고 있다. 기억이란 지금은 사라지고 없는 과거를 현재로 불러내는 주문과도 같은 것이다. 그 기억을 통해 존재하지 않는 것과 존재하는 것이 만난다. 희미한 옛사랑의 그림자를 놓치지 않는 김광규 시의 특성이 여기에 있다. 이런 점은 그의 산문시 곳곳에서 보인다.

운문의 경우도 마찬가지다.

> 1951년 정월 초나홀 멀리서 대포 소리
> 들려오던 한겨울 꽝꽝
> 얼어붙은 한강을 건너 남쪽으로
> 남쪽으로 피난길에 올랐다
> 소가 끄는 짐수레와 리어카에 사흘 치
> 먹을거리와 이불을 싣고 삐거덕거리며
> 옷 보따리 머리에 이고 등짐 짊어지고
> 더러는 애기까지 가슴에 안고
> 수십만 피난민들 걸어서 한강을 건넜다
> 눈보라도 강추위도 우리를 막지 못했다
> 혹독했던 그 겨울 살아남아
> 반세기가 지난 오늘
> 눈발 흩리는 강변도로 자동차로 달려가면서
> 스무 개로 불어난 한강 다리 양쪽
> 끝없이 늘어선 아파트와 고층 건물들 바라보니
> 지금도 피난 행렬 눈앞에 떠오른다
> 인해 전술에 쫓기고 굶주림에 시달리던 그때보다
> 이제는 오히려 두려움만 늘었나
> 다리를 절면서 한 발짝 두 발짝 걸어갔던 얼음길

지금은 편안하게 승용차에 실려 가면서
마음은 무겁게 뒤로 처지고
과속 규제 카메라에 잡힐까 봐
움찔움찔 겁을 내는 붉은 후미등 불빛
곳곳에서 앞길을 가로막는다

——「한강이 얼었다」 전문

　여기서 기억은 아주 훨씬 더 직접적으로 과거와 현재를
만나게 한다. "그때보다/이제는"이라는 과거와 현재의 대
립은 김광규의 특징적인 시적 수사학이다. 이 수사학은
"혹독했던 그 겨울 살아남아/반세기가 지난 오늘"이라는
두 행을 통해 시·공간을 건너뛰어 극적으로 부딪친다. 그
리고 그 격발의 불빛 속에서 신중하다 못해 좀스런 현재의
모습이 씁쓸하게 드러난다. 두려움에 움찔움찔 겁을 내는
좀팽이로서의 모습 말이다. 순수했던 과거와 타락한 현재
라는 이 대립의 틀은 그의 시 곳곳에 자리 잡고 있다. 그것
이 연속이 되든, 아니면 대립이 되든, 과거와 현재가 만나
서 이루는 이 세계를 우리는 기억의 현상학이라고 부를 수
있을 것이다.
　그런데 각각 김광규적 세계의 전형적인 풍경을 갖추고
있는 위의 두 작품을 볼 때, 시라는 공통의 울타리 안에서
산문과 운문을 가르는 요소는 무엇일까? 물론 내용의 차원
에서, 산문시는 진술하지 않은 과거의 "뒷모습"(「남은 자의
몫」)으로 인해서 인화되지 않은 필름으로서의 긴장을 갖고
있음에 반해, 운문은 진술한 "오늘"(「한강이 얼었다」)의 모
습이 기억 속의 과거와 함께 놓임으로써 대조의 미학을 얻

는다. 그러나 형식의 차원에서는 오히려 그 차이가 무의미할 수도 있다. 그것은 산문시를 행갈이 하고, 운문시의 행갈이를 무시하고 이어보면 쉽게 상상이 가는 일이다. 외적 형식으로서의 단순한 행갈이가 절대적인 기준이 되지는 못하는 것이다. 그렇다면 문제는 행갈이의 필연성일 것이다.

우선 「남은 자의 몫」은 그 분량도 분량이거니와, 그것을 떠나서라도 행갈이를 통해 얻어질 별도의 긴장의 여지가 보이지 않는다. 그에 비해서 「한강이 얼었다」는 과거와 현재 사이의 대조의 미학을 극대화하기 위한 시인의 개입이 숨어 있다. 과거의 시·공간을 배경으로 전쟁이 주는 긴박감을 표현하기 위해서는 리듬의 조정이 불가피한 것이다. 이 시의 앞부분은 의미론적으로나 음운론적으로 다음과 같이 나누어 읽을 수 있다.

　'1951년 정월 초나흘/멀리서 대포 소리 들려오던 한겨울/꽝꽝 얼어붙은 한강을 건너/남쪽으로 남쪽으로 피난길에 올랐다/소가 끄는 짐수레와 리어카에/사흘 치 먹을거리와 이불을 싣고/삐거덕거리며.'

그런데 전쟁의 공포를 들려주는 "대포소리," 한겨울 매서운 추위를 보여주는 "꽝꽝," 생존 상황의 절박함을 알려주는 "사흘 치"를 강조하기 위해 의도적으로 부자연스러운 끊어내기를 행한 것이다. 운문은 이처럼 음운론적 분절과 의미론적 분절을 의도적으로 뒤집음으로써 시적 긴장을 얻으려는 형식에 있어서의 필연적인 선택이다. 그렇다면 산문시는 내용의 긴장, 운문의 경우는 형식의 긴장에 보다

무게가 주어진다고 볼 수 있다. 사실 김광규의 시세계는
크게 보아 이 틀 속에서 전개된다.

'처음'으로의 회귀

하지만 그 둘 모두가 가진 공통점이 있는데, 그것은 바
로 '처음'으로 돌아가자는 인식이다. 타락과 훼손 이전의
순수를 희구하는 이 회귀의 목소리는 존재의 본능에 가까
운 단순한 욕구가 아니라, 지적 성찰의 결과다. 그것이 계
몽주의자의 윤리인 동시에 생태주의(生態主義)자의 절박
한 통찰이기 때문이다.

조금만 가까워져도 우리는
서로 말을 놓자고 합니다
멈칫거릴 사이도 없이
——너는 그 점이 틀렸단 말이야
——야 돈 좀 꿔다우
——개새끼 뒈지고 싶어
말이 거칠어질수록 우리는
친밀하게 느끼고 마침내
멱살을 잡고
싸우고
죽이기도 합니다
처음 만나 악수를 하고
경어로 인사를 나누던 때를

기억하십니까

앞으로만 달려가면서

뒤돌아볼 줄 모른다면

구태여 인간일 필요가 없습니다

먹이를 향하여 시속 110Km로 내닫는

표범이 훨씬 더 빠릅니다

서먹서먹하게 다가가

경어로 말을 걸었던 때로

처음 만나던 때로 우리는

가끔씩 되돌아가야 합니다

　　　　　──「처음 만나던 때」 전문

　이 시에서의 '처음'은 윤리적 차원에 놓여 있다. 그것은 사람살이의 도리(道理)에 해당하는 것이다. 시인은 그 도리에서 벗어난 것들에 대해 엄정하게 말한다. 타락 이전의 처음으로 되돌아가라고 말이다. 여기서도 그 처음은 '기억'을 통해 환기된다. 기억의 저쪽과 기억하지 않는 이쪽, 현재에 탐닉하려는 욕망과 이기주의 그리고 그로 인한 폭력의 단절을 넘어서기 위해서 처음으로 돌아가야 한다. 저쪽과 이쪽, 처음과 지금이 이어져야만 우리는 온전한 삶을 살 수 있는 것이다. 그러니 기억을 버릴 수 없고, 기억을 버리지 않는 한 처음은 지워지지 않는다. 처음이란 마치 "가만히 입속으로 되뇌어보거나/가슴속에 간직한 채 혼자서/아껴야 할 이름"(「이름」)과도 같은 것이다. 함부로 소리쳐 부를 수 없는, 소중한 이름과도 같은 순수함이다.

　이 순수함이 그를 역사의 희생자와 사회의 약자에 대한

연민과 공감으로 이끌어간다. 동시에 부당한 승자와 오만한 강자에 대한 비판과 거리두기를 가능케 한다. "옳은 자가 싫은 자"(「옳은 자 와 싫은 자」)가 되는, 극단적으로 말하자면 "미쳐버린 사람들"(「불쌍한 사람들」)의 세상에 대한 분노가 그 안에는 담겨 있는 것이다. 사람과 세계에 대한 이런 비관주의는 그러나 김광규의 시적 지향점은 아니다. 이 비관은 다시 말하지만 처음으로 돌아가려는 낙관주의의 출발점이 되기 때문이다. 그 낙관의 근거는 자연에 있다.

자연, 죽음과 삶 사이

그에게 자연이란 자신의 처음을 이루는 '어머니의 몸'과 같은 것이다.

> 단칸방에 살면서
> 시래기나물로 끼니를 때워도
> 누더기 옷일망정 몸 가리기
> 목숨처럼 소중히 여기지 않았느냐
>
> 허옇게 드러난 속살
> 부끄러움도 없이 이제는
> 마구 쑤셔대고
> 파내고
> 잘라버린다

늦었나
때늦게 뉘우치지 말고
가려라 숲으로 덮어라
우리를 낳아서 기른
어머니의 몸

　　　　　　　　——「어머니의 몸」 전문

　이 자연을 매개로 해서 '처음'은 윤리의 차원에서 생태주의자의 자연으로 자연스럽게 이어진다. 자연이야말로 우리의 처음을 이룬 곳이기 때문이다. 눈치 빠른 사람은 이미 알아챘겠지만, 김광규에게서 자연은 그래서 두 가지 의미를 함께 갖고 있다. 하나는 말 그대로 우리 삶의 터전으로서의 자연이고, 다른 하나는 순리(順理)를 따르는 삶의 양태로서의 자연이다. 즉 부자연스럽지 않은, 마땅히 그러해야 하는 자연 말이다.

　우선 삶의 터전으로서의 자연. 그것은 어머니가 아이를 낳아 기르듯 아름답고 조용한 조화다. 새싹을 틔우는 작약을 위해 자신의 그늘을 거두어 영토를 양보하는 대나무처럼 하늘과 땅이 어우러지는 아름다움이며, 떠들썩하지 않게 온갖 생명이 자신의 삶을 이뤄나가는 조용함이다. 그런데 그 아름다움과 조용함은 온 세상을 일깨우며 사랑을 전하는 '바람둥이'처럼 빛보다도 빠르게 온다. 그렇기에 시인은 자연 앞에서 감탄사를 그칠 줄 모른다.

이른 봄 어느 날인가
소리 없이 새싹 돋아나고

산수유 노란 꽃 움트고

목련 꽃망울 부풀며

연녹색 샘물이 솟아오릅니다

까닭 없이 가슴이 두근거리며

갑자기 바빠집니다

단숨에 온 땅을 물들이는

이 초록색 속도

빛보다도 빠르지 않습니까

——「초록색 속도」 전문

    그것은 엄연한 승리다. 동시에 그 승리는 잠깐의 것이
아닌 영원한 승리다. "예나 이제나/달라진 것 없이/앞으로
도 몇만 년을 엉금엉금 기어갈/거북이"(「거북이」)의 삶과
도 같은 것이기 때문이다. 빛보다도 빠르면서 거북이처럼
오래오래 이어질 승리, 그것이 자연의 힘이다. 그 자연에
얼마나 매혹되었는지 시인은 그 힘에다 "詩나무"라는 이름
을 붙일 정도다. 이 힘은 그러나 순한 것만은 아니다. 그것
을 잊고 있는 사람들에게 기필코 자신의 존재를 증명할 만
큼 엄정하기도 하다. "조개의 침묵과 나무의 침묵/바위의
침묵도"(「귀」) 자신들을 거스르는 인간들에게 결국은 물바
다와 돌개바람으로 그 "침묵의 소리"(「귀」)를 들려주는 것
이다. 시인이 그 소리를 듣고 싶은 "귀"(「귀」)를 갖는 것은
그 때문이다.

    이 자연은 따라서 순리에 닿아 있다. 아이가 나서 자라
고 어른이 된 뒤에 늙어 죽어가듯이. 그래서일 것이다. 시
집의 첫머리에서부터 "장대비"(「줄무늬 고양이」)와 "천둥

벽력"(「줄무늬 고양이」) 속에서도 귀여운 줄무늬 새끼 고양이의 "잉태"(「줄무늬 고양이」)를 떠올리는 것은. 시인에게 탄생은 일종의 "손님맞이"(「손님맞이」)다. 거기에는 이 손님맞이를 끝내고 나면 자신은 사라져야 한다는 생각이 들어 있다. 이전의 어느 시집보다도 죽음에 대한 이야기가 많이 등장하는 것은 그 때문이다.

> 낡은 혁대가 끊어졌다.
> 파충류 무늬가 박힌 가죽 허리띠
> 아버지의 유품을 오랫동안
> 몸에 지니고 다녔던 셈이다
> 스무 해 남짓 나의 허리를 버텨준 끈
> 행여 바람에 날려가지 않도록
> 물에 빠지거나
> 땅에 스며들지 않도록
> 그리고 고속도로에서 중앙선을 침범하지 않도록
> 붙들어주던 끈이 사라진 것이다
> 이제 나의 허리띠를 남겨야 할
> 차례가 가까이 왔는가
> 앙증스럽게 작은 손이 옹알거리면서
> 끈 자락을 만지작거린다
>
> ──「끈」 전문

시적 자아의 손자나 손녀일 "아기 세대주"(「아기 세대주」)의 앙증맞은 작은 손에서 보듯이 김광규가 생각하는 죽음 속에는 그러므로 두려움이나 서글픔이 보이지 않는다. 오히려 그 죽음과 친숙해지려는 의식이 배어나온다. 죽음이란 자연스러운 것이기 때문이다. 그것은 하나의 순환이다. '처음'으로 돌아가는 것이다. 다음과 같은 담담한 어조는 그래서 가능하다. "세상이 발에 맞는 신발처럼 편안하게 느껴질 때쯤, 우리도 세상을 떠나게 마련이다"(「새 구두」). 아름다운 자연을 보려 해도 "불편한 나의 눈"(「눈」)도 죽음이 오면 편안해질 것이고. 그러니 계속해서 "남은 자의 몫"(「남은 자의 몫」)을 다하며 살아가야 한다. 오히려 "미룰 수 없는 시간"(「미룰 수 없는 시간」)이 다가왔을 때 "아쉬운 전송을 받으며 먼저 떠난 자는 얼마나 행복한가"(「남은 자의 몫」) 하는 깨달음은 죽음에 대한 인식마저 바꾸도록 만든다. 죽음이란 벗어나는 것이기도 하다. 살아 있는 것이 어쩌면 감옥이다.

느닷없이 암 진단이 떨어진 날부터
우리의 건강한 동료 이선생이
유기수가 되었습니다
육개월 남짓
기한만 채우면
출옥합니다
갑갑한 이 세상을 떠나는 것이지요
뒤에 남은 무기수들
조만간 출옥할 가망도 없이 우리는
계속 복역합니다
억지로 견디는 것이지요
버드나무 붙들고 울던 사람들

불쌍하게 되새기면서
헛된 희망의 세월
오히려 다행스럽게 여기면서 우리는
하루 또 하루
습관처럼 살아가고 있습니다

──「하루 또 하루」 전문

이 죽음의 시편은 그래서 다시 시집의 처음으로 이어진다. 새로운 생명을 상징으로 한 삶의 시편들 말이다. 그것을 통해 죽음과 삶, 삶과 죽음의 순환, 그것이 또한 자연임이 드러난다. 이번 시집은 형식과 내용 모두 순리대로 그 자연에 따를 것을 말하고 있는 것이다. 김광규의 생태주의는 이런 점에서 단순한 자연 예찬을 넘어선다. 존재와 생(生)에 대한 예지(叡智)로 승화되기 때문이다. 그의 세계를 두고 지적 성찰을 요한다고 말한 것은 바로 그런 이유에서이다. 시집의 마지막을 수놓는 「바다와 노인들」이나 「특별 귀향 열차」는 그런 예지를 보여주는 뛰어난 시편들이다. 죽음에 대한 이야기이자 삶의 이야기인 동시에, 시를 떠나 짧고 독특한 환상소설로도 높은 완성도를 보여주는 이 작품들은 시집의 마지막을 맺는 「남은 자의 몫」으로 자연스럽게 연결된다.

시의 겸손

하지만 그런 예지도 겸손과 신중함을 갖고 있지 않으면

하나의 도그마가 되어 또 다른 폭력으로 변질될 것이다. 자연이 아름답고 조용한 승리를 거두듯이, "詩나무"의 주인이 될 시인이란 자신의 깨달음에 대한 오만한 확신보다는, 계속해서 그 깨달음에 대해 겸손하게 묻는 사람일 것이다. 이 혼탁한 시대에 그런 겸손은 왜 그리 찾아보기 어려운 것인지. 과연 지금은 '죽은 시인의 사회'인 것일까? 김광규의 시를 읽으며 나는 조심스럽게 그 겸손을 내 가슴에 새기고 싶다.

조심스럽게 물어보아도 될까……
역사 앞에서 한 점 부끄러움도 없다고
주먹을 부르쥐고 외치는 사람이
누구 앞에서 눈물 한번 흘린 적 없이
씩씩하고 튼튼한 사람이 하필이면
왜 시를 쓰려고 하는지……
아무런 부끄러움도 마음속에 간직하지 못한 채
언제 어디서나 마냥 떳떳하기만 한 사람이
과연 시를 쓸 수 있을지……
물어보아도 괜찮을까……

—「조심스럽게」 전문